Bereits erschienen:

Alles Jula – Wie ich das tollste Haustier der Welt bekam
Alles Jula – *Als mein Pony die Schule eroberte*

Sandra Grimm

Alles Jula

Als mein Pony die Schule eroberte

Illustriert von Vera Schmidt

Loewe

MIX
Papier aus verantwortungsvollen Quellen
FSC® C018236
www.fsc.org

ISBN 978-3-7432-0221-4
1. Auflage 2020

Umschlag- und Innenillustrationen: Vera Schmidt
Umschlaggestaltung: Ramona Karl
Printed in the EU

www.loewe-verlag.de

Inhalt

Mein honigsüßer Ausreißer

Hallo, da bist du ja wieder! Sicher bist du total neugierig darauf, wie es mit Honigschnute und mir weiterging, oder? Als Papa sie für einen Zehner gekauft hatte, konnte ich es zuerst gar nicht glauben. Meine Freundin Charlotte und ich sind um unser Pony herumgehüpft wie zwei wilde Hummeln. BSSS! Seitdem sind wir ständig bei ihr. Wir füttern sie, streicheln sie und spielen mit ihr. Honigschnute ist so niedlich! Auch Papa knuddelt ab und zu mit ihr. Nur Mama ist noch ein bisschen schüchtern. Sie kommt unserem

Pony nicht zu nahe. Dabei schnuppert Honigschnute so gern an ihr. Ich glaube, sie mag ihr Parfüm. **Hihi!**

Schon nach ein paar Tagen konnte ich mir ein Leben ohne Honigschnute nicht mehr vorstellen. Wenn sie mich mit ihrer weichen Schnute anstupste ❤, hüpfte mein Herz vor Glück und ich musste sie feste knuddeln. **Süß!**

Auch an diesem Morgen lächelte ich selig, als ich plötzlich Honigschnutes runde Äuglein vor mir sah ... bis ich merkte, dass irgendetwas nicht stimmte. Denn ich saß in der Küche. Und Honigschnute hätte eigentlich hinten im Garten stehen müssen. **Also weit weg!** Doch nun blickte sie neugierig durch das geschlossene Fenster.

Als Mama Honigschnute entdeckte, sprang sie vom Stuhl auf und schrie. **HUAAH!**

Papa und ich kicherten los. **Hihihi!**

„Das ist nicht witzig", rief meine Mama.

„Setz dich wieder, Schatz", meinte Papa. „Es ist ja noch eine Glasscheibe zwischen dir und dem Monster." Er grinste frech. **Ich auch!**

„Bau du lieber mal einen anständigen Zaun, damit das Monster nicht immer abhaut", gab Mama gereizt zurück und Papa guckte gekränkt.

Jetzt würden sie gleich diskutieren. **Puh!** Ich verabschiedete mich, nahm meinen Ranzen und lief hinaus.

Honigschnute trabte zu mir und bohrte ihren Kopf liebevoll in meine Seite. RUMMMSSS!

„Hoppla, vorsichtig", sagte ich lachend. Die Ponyschnauze schnüffelte an meiner Jacke. SCHNUPPER! „Nein, der Apfel ist mein Schulfrühstück", erklärte ich und kraulte Honigschnute am Ohr. „Aber wenn ich zurück bin, bekommst du einen." Ich brachte Honigschnute in ihre Gartenecke und entdeckte, wie mein Pony ausgerissen war: Die Wäscheleine, die Papa gestern gespannt hatte, war durchgenagt.  KNABBER! Ich seufzte.

In den letzten Tagen hatte Papa drei Zäune um den Komposthaufen gezogen: zuerst ein Absperrband. Das hatte Honigschnute einfach durchgerissen.

Dann einen billigen Wickelzaun aus Stöcken. Den hatte Honigschnute einfach plattgetreten. **KNACKS!** Und gestern hatte Papa eine Wäscheleine gespannt, die nun auf dem Boden lag. **Seufz.**

„Du kannst doch nicht immer den Zaun kaputt machen“, schimpfte ich. Doch die kleinen runden Ponyaugen sahen mich an, als wollten sie sagen: „Ich weiß das nicht besser, ich bin nur ein Pony.“ ❤ Ich knuddelte sie. „Schon gut“, sagte ich.

Dann nahm ich das dicke Knäuel Wäscheleine, das noch auf dem Boden lag, und wickelte die Leine um die Pfosten, so gut ich konnte. Gleich dreimal! Uffff. Ich sah Honigschnute streng an: „Du bleibst hier stehen, bis ich zurückkomme, ja? Nicht wieder ausreißen."

Honigschnute hob wiehernd den Kopf. Das war ein Nicken. Ganz bestimmt!

Wie jeden Morgen holte meine neue beste Freundin Charlotte mich vor der Schule zu Hause ab. DINGDONG! Inzwischen hatte ich auch nichts mehr dagegen, dass Matteo mit uns lief. Er wohnt über mir und hat mich anfangs sehr genervt, aber eigentlich ist er ganz nett. Leider macht er immer schlechte Witze, das ist wohl angeboren. ÄÄÄCHZZZ! Heute war es auch nicht anders …

„Hey, Jula, ist das Minipony heute Morgen

schon wieder abgehauen? Ich habe noch einen alten Hamsterkäfig, der müsste doch reichen."
Und dann lachte er sich schlapp.

Aaahhh! Ich ächzte, aber Charlotte lachte mit. Danach erzählte Matteo uns von seinem Hamster. Er hat nämlich tatsächlich mal einen gehabt. Das fand ich sogar ganz witzig, weil der Hamster Männchen machen konnte. **HEPP!**

Erst in der ersten Stunde fiel mir Honigschnutes Besuch beim Frühstück wieder ein. Ich erzählte Charlotte gerade flüsternd davon, wie das Pony mir brav zugenickt hatte, als ich durchs Klassenfenster draußen etwas Weiß-Braunes erspähte. **Häää?**

„Das gibt's doch nicht", flüsterte ich.

„Was denn?", fragte Charlotte.

Ich deutete mit dem Kopf Richtung Fenster.

Na, daaa!

„Oh", machte sie laut.

„Charlotte“, sagte Frau Tulpe streng. „Gibt es etwas Wichtiges?“

„Ähm, mir ist schlecht, darf ich zur Toilette?“, fragte sie rasch. **Notlüge!** „Und kann Jula mitgehen?“

Frau Tulpe runzelte die Stirn. „Na, meinetwegen.“

Charlotte hielt sich den Bauch und machte ein elendes Gesicht , während sie den Raum verließ. Ich legte beruhigend meine Hand auf ihre Schulter. Kaum hatten wir die Tür hinter uns geschlossen, rannten wir. **LOOOOS!**

„Das war Honigschnute“, sagte ich.

„Ich weiß“, meinte Charlotte. „Wie ist sie hierhergekommen?“ **Ja, wie nur?**

Keiner erwischte uns, als wir nach draußen huschten. Wir liefen geduckt unter den Fenstern entlang und stahlen uns um die Ecke zum alten

Schulgarten. **SCHLEICH!** Honigschnute hatte uns längst entdeckt und trabte herüber. **PSSSST!** Wir schmiegten uns an ihr warmes Fell.

„Du freches Ding, bist du uns nachgelaufen?", schimpfte ich. „Du hast doch versprochen, zu Hause zu bleiben!" **Ts, ts, ts!** Honigschnute stupste mit der Schnauze gegen meine Taille. „Was?", staunte ich. „Du bist mir wegen des Apfels gefolgt?  Du verfressenes Pony! Leider ist der Apfel in meiner Jacke und die hängt drinnen an der Garderobe." **Pech gehabt.**

„Was machen wir jetzt?", fragte Charlotte und

kraulte Honigschnutes Ohren. „Wir können sie nicht zurückbringen. Das dauert zu lange."

Das stimmte. **Was nun?** Da fiel mein Blick auf den alten Schulgarten. Er war halbhoch umzäunt und der Zaun wirkte ganz stabil. **Idee!** „Wir stellen sie in den Schulgarten", entschied ich. „Erst mal bis zur großen Pause."

Ponypo im Lehrerklo

Als es nach der nächsten Stunde endlich zur Pause klingelte, rannten wir sofort wieder zum Schulgarten. **FLITZ!** Doch was glaubst du wohl, was wir dort fanden? Nichts! **Auweia!** Das Tor stand weit offen – sicher hatte Honigschnute den Griff einfach hinuntergedrückt und das Tor aufgeschoben. Sie war eben ein schlaues Pony. **Seufz!**

Hektisch rannten Charlotte und ich überall herum. **HECHEL!** Natürlich merkten das die anderen und fragten, was wir machten. Also mussten wir ihnen erzählen, dass wir ein Pony verloren hatten. **Ähem ...**

„Was?“, rief Jakob. „Wie kann man denn ein Pony verlieren?“

„Es ist halt klein“, meinte ich. **Und abenteuerlustig.**

„Wie klein denn, wie ein Marienkäfer?“ Jakob lachte. **Haha.**

„Hilf uns lieber suchen“, sagte Charlotte. Und so suchte bald die ganze Klasse nach Honigschnute. Wir liefen den ganzen Schulhof ab, schauten hinter jeden Busch und jeden Baum. **Kuckuck!** Jemand klappte sogar den Deckel der großen Mülltonne hoch. **Hallo?** Doch keine Honigschnute weit und breit.

Da entdeckte ich die Pferdeäpfel. **DAMPF!** Also eigentlich entdeckte ich Herrn Amsel, unseren Hausmeister, der laut schimpfte und seinen Fuß schüttelte. Direkt vorm Eingang. Und dann sah ich die kugeligen Pferdeäpfel, einen davon an Herrn Amsels Schuh. **Ach, du Schande!**

Charlotte und ich sahen uns an und stürmten in die Schule.

„Wo kann Honigschnute nur sein?", zischte ich verzweifelt.

Da hörten wir einen Schrei. „Ahhhhh!" **Oh, oh!** Er kam aus der Lehrertoilette. Wir flitzten hin und ich öffnete vorsichtig die Tür. Gleich dahinter stand Honigschnute. Sie freute sich offenbar, uns zu sehen, denn sie kam fröhlich wiehernd herausgetrabt. **WWIIIIHHIIII!** Hinter ihr stand Frau Tulpe mit hochrotem Kopf. Sie sah nicht fröhlich aus. **Kein bisschen!**

„Jula, Charlotte!", rief sie. „Bringt das Pony raus und wartet, bis ich komme." **Oje!**

So streng klang Frau Tulpe sehr selten. Kleinlaut führten

wir Honigschnute auf den Pausenhof und schimpften mit ihr. Aber nur ein wenig. Denn sie ist ein Pony. Sie weiß es nicht besser. **Oder?**

Die anderen aus der Klasse hatten schon mitbekommen, dass unser Pony in der Schule war, und warteten draußen auf uns, denn wir dürfen ja in den Pausen nicht ins Schulgebäude. **Verboten!** Herr Amsel hatte gedroht, wenn noch jemand hineinliefe, müsse derjenige ihm beim Schuheputzen helfen. Das wollte natürlich keiner. **Auf keinen Fall.** Jetzt standen sie begeistert um Honigschnute herum. Zum Glück war Herr Amsel nicht mehr da. Sonst hätten *wir* vielleicht seine Schuhe putzen müssen. **IGITT!**

„Ist *das* dein Minipony?", wollte Jakob wissen. „Das ist ja wirklich klein." **Ja, winzig!**

Honigschnute reckte den Hals und zog an Jakobs Haaren. **ZUPF!**

„Hey“, lachte er.

„Es ist unglaublich niedlich“, fand Mia.

Alle wollten Honigschnute streicheln. Kein Wunder, so süß, wie sie ist! **Zuckersüß!** Ich sah, wie sie extra ihren Kopf zu den anderen schob, um noch mehr Streicheleinheiten einzuheimsen. Mia hatte zwei halbe Karotten dabei, die sie vor die Ponyschnute hielt. **SCHMATZ!**

Da kam Frau Tulpe zu uns. „Nun wird das Pony auch noch belohnt?“, fragte sie. Doch zum Glück sah sie nicht sauer aus. **Puuuh!**

Honigschnute wieherte und stupste gegen Frau Tulpes Arm. **SCHUBS!**

„Es tut ihr leid“, übersetzte ich rasch.

„So, so“, sagte Frau Tulpe mit hochgezogener Augenbraue. „Und das ist also Honigschnute?“ Ich hatte ihr natürlich schon von meinem neuen Haustier erzählt. Ich hatte jedem davon erzählt. **Logisch, oder?**

Frau Tulpe beugte sich vor und kraulte Honigschnute. KUSCHEL! Sie griff ihr liebevoll in die Mähne, streichelte ihre Nase und sprach ruhig auf sie ein.

„Ähm ... mögen Sie etwa Ponys?“, fragte Charlotte verdutzt.

„Natürlich“, antwortete Frau Tulpe. „Wer mag denn keine Ponys?“ Ja, wer eigentlich?

„Eltern“, sagte Mia wie aus der Pistole geschossen.

Frau Tulpe lachte. „Ich glaube, sie wollen nur keine Ponys im eigenen Garten.“

„Julas Eltern schon“, meinte Charlotte stolz. Hmm ... Ich musste an meine Mama denken. Die eher nicht. Hihi.

„Leider kann das Pony nicht auf dem Schulhof stehen“, erklärte Frau Tulpe. „Das ist nicht der richtige Ort für ein Pony.“

Wir alle nickten. **SEUFZ!** Das hatten wir schon geahnt. Ich erzählte ihr, dass wir versucht hatten, sie im Schulgarten einzusperren. 

Frau Tulpe lachte laut auf. „Na, du bist ja ein schlaues Kerlchen", sagte sie zu Honigschnute. **Absolut.** „Aber wir werden den Griff des Gartentors einfach festbinden. Honigschnute kann bis heute Mittag bleiben. Der Schulgarten wird nicht mehr genutzt, da darf sie ruhig hinäppeln." **Jaaa!**

Wir brachten Honigschnute alle zusammen zurück in den Schulgarten. Das kleine Pony genoss es, so bewundert zu werden, das konnte ich genau sehen. **GRINS!** Jetzt konnte ich ihm auch endlich den Apfel geben, den ich noch in der Jackentasche hatte. **Bitte schön, Leckermaul.**

Frau Tulpe holte ein kurzes Seil, mit dem sie den Griff so festband, dass Honigschnute das Tor sicher nicht mehr allein öffnen konnte. **SCHNÜR!**

Doch ich kannte mein Pony: Vermutlich würde es eine andere Möglichkeit finden, doch noch auszubüxen. **Wetten?** Darum flehte ich es an: „Bitte, bitte, Honigschnute, bleib jetzt hier, ja? Ich komme dich jede Pause besuchen", bettelte ich. **Sei lieb!**

„Ich auch, versprochen", sagte Charlotte.

Honigschnute schnaubte. **Das hieß Ja!** Und wer hätte das gedacht: Sie blieb brav stehen. Nach jeder Stunde rannten wir zu ihr und jedes Mal sah sie uns neugierig entgegen. So verbrachte die ganze Klasse die Pausen bei dem putzigsten Pony der Welt. Es wurde der schönste Schultag, den ich je hatte. Ach, könnte das doch immer so sein. Das wär' himmlisch!

Hufeisen bringen Glück – hoffentlich!

Schließlich war die Schule aus und Charlotte und ich führten unser Pony nach Hause. Honigschnute lief brav mit. **TIP-TAP, TIP-TAP!** Vor unserem Haus küsste Charlotte ihre Nase. **Bussi!** „Ich komme später wieder", versprach sie.

Als ich Honigschnute hinter das Haus führte, trabte sie gleich in ihre Ecke und trank aus ihrem Wassereimer.

GLUCK! Papa war auch schon im Garten, er hatte mittwochs früher frei als ich und heute kochte er uns etwas Leckeres: Spaghetti. Mmh. Mein Magen knurrte. GRRR! Ponykümmern macht hungrig!

Nach dem Mittagessen machte ich meine Hausaufgaben bei Honigschnute im Garten. Fleißig! Es dauerte lange, weil ich ständig aufspringen musste, um sie davon abzuhalten, Mamas Blumen abzuknabbern. Lass das! Papa war mit einem Maßband hinten im Garten

verschwunden, um den Platz für Honigschnutes Stall auszumessen. Mini-Ponyhof!

„Papa, bist du bald fertig?", rief ich, als Honigschnute sich schon wieder Mamas Kräutern näherte. Ein Zaun wäre wirklich nicht schlecht! UFFF! Papa kam grübelnd zurück. „Ich fürchte, wir haben nicht genug Platz."

Waaas? Mein Herz stoppte vor Schreck. Dann schlug es schneller als je zuvor. Was sollte das heißen, nicht genug Platz? Durfte mein Pony nun etwa doch nicht hierbleiben? Ahhhh!

„Du willst aber nicht sagen, dass ich Honigschnute wieder abgeb…"

Ich konnte das Wort nicht aussprechen.

„Ich weiß auch nicht", meinte Papa. „Ich hoffe nicht …" Er ging nachdenklich ins Haus. Dabei hörte ich noch, dass er Worte wie „Pferdestall", „Land" und „unterstellen" murmelte.

Hilfe! Das konnte nicht wahr sein! **Nein, nein, nein!** Nie wieder würde ich Honigschnute hergeben. Dann schlief sie eben in meinem Zimmer. Auf der Ausziehmatratze! **QUETSCH!**

Ich saß auf meinem Handtuch wie ein Häufchen Unglück. Nicht einmal Honigschnutes Gestupse konnte mich aufheitern. **Und das heißt etwas!** 

Als ich so traurig war, dass mir beinahe die Tränen kamen , stand ich auf. Ich musste unbedingt etwas unternehmen, sonst wurde ich noch verrückt. Ich rief Oma an. Die wusste immer Rat. **Hoffentlich.**

Oma tröstete mich. „Schätzchen, da hat Papa bestimmt nur ein bisschen laut nachgedacht",

meinte sie. **Achja?** „Du findest bestimmt eine Lösung, du hast doch immer tolle Ideen. Kommt Zeit, kommt Rat.“  Ich grinste. Oma wusste immer einen guten Spruch. „Lenk dich ab“, sagte sie. „Mach etwas, das nichts mit Pony zu tun hat, vielleicht kommt dir dann eine Idee. Du weißt ja, ich backe gern, um mich abzulenken.“ 

Gute Idee!

Ich bedankte mich, schickte hundert Küsse durchs Telefon und verabschiedete mich. Kurz bevor ich auflegte, hörte ich Oma noch „Viel Glück“ murmeln. Sicher dachte sie, ich würde wieder alle Eier fallen lassen **PATSCH!** oder die ganze Küche verzuckern. **KRÜMEL!** Doch ich hatte Charlotte ja letztes Mal ganz genau zugesehen und unsere Muffins waren perfekt geworden. **Mega.** Bestimmt war ich jetzt kein Tortentollpatsch mehr, sondern eine Superbäckerin!

Ich fand in Mamas Backbuch ein Keksrezept

und fing gleich an. **STAAART!** Durch das Küchenfenster ließ ich Honigschnute nicht aus den Augen. **Sitz, Pony!** Dabei suchte ich die Zutaten zusammen. Wir hatten leider nicht mehr genug Zucker, also nahm ich einfach Honig. **TROPF!** Der war ja auch süß. Ein Ei fiel mir dann tatsächlich auf den Fuß **PLATSCH!**, aber das passiert der besten Bäckerin. Lästig war nur, dass meine Turnschuhe nun eklig matschig waren. **SCHLEIM!** Ich stellte sie in den Garten und machte barfuß weiter. Nun konnte ich den Teig kneten. Er war leider sehr klebrig, das kam bestimmt vom Honig, deshalb musste ich viel Mehl nehmen, um ihn auszurollen und Kekse auszustechen. Aber alles in allem klappte es sehr gut.

Ich entschied mich für die Hufeisenform, denn Hufeisen bringen Glück, oder? Das konnte ich nun wirklich brauchen. Immerhin hatte ich drei Probleme:

1. Mama mochte mein Pony immer noch nicht. **Mist.**

2. Ein Pony, das ständig ausbüxte und Schwierigkeiten machte. **ARRRGHHH!**

3. Und nun war auch noch zu wenig Platz für Honigschnute. **BUUUHHHUUU!**

Ich seufzte tief.

Als ich die Kekse gerade in den Ofen schob, kam Charlotte. Sie kicherte, als sie mich sah. **Wieso bloß?** „Deine Füße sind mehlig", sagte sie. 

„Und deine Hände. Was bist du, der Wolf, der die sieben Geißlein reinlegen will?" **Hihi!**

Ich bat Charlotte, mit Mamas Handy ein Foto zu machen, und schickte es gleich an Oma. Dazu schrieb ich: „Nichts kaputt, nur schmutzig!" und fügte einen Grinse-Smiley an.

Ich wusch mir rasch die Hände und erzählte Charlotte dabei von den miesen Neuigkeiten.

Sie war genauso entsetzt wie ich. **Natürlich, wir sind ja beste Freundinnen!**

Wir liefen zu Honigschnutes Gartenecke, um uns Trost bei ihr zu holen, doch dieses unglaubliche Pony – na, was glaubst du wohl? – war schon wieder weg. **Verflixt!**

„Was für ein freches Ausbüx-Pony“, schimpfte ich. **Aber echt!** „Wo sollen wir suchen, Charlotte?“

Da hörten wir es wiehern. **WIHI!** Das kam aus dem Garten hinter unserem Grundstück. **Nanu?** Eigentlich konnte man da nicht hineingehen oder -gucken, weil eine dichte, hohe Hecke dazwischenstand. Doch wir entdeckten neben der Kompostecke eine Lücke, durch die Honigschnute geschlüpft sein musste. **Geheimgang!**

Wir zwängten uns ebenfalls hindurch und standen plötzlich in einem wunderschön verwilderten Garten. **Wahnsinn!** Es gab alte Bäume, viele Sträucher, einen verlassenen Sandkasten und eine rosenbewachsene Schaukel. Schmetterlinge und Bienen flogen umher. **SUMM!** Es sah aus, als hätte länger niemand mehr gemäht. Was Honigschnute offenbar gut gefiel, denn sie stand mittendrin, mampfte Gras und zwinkerte uns fröhlich zu.

PLING-PLING!

Plötzlich raschelte es irgendwo. **KNISTER!**
„Hoffentlich ist hier niemand", flüsterte Charlotte.
„Ich find's gruselig …" **BIBBER!**

„Die böse Hexe", meinte ich grinsend. „Gleich kommt sie mit ihren Keksen um die Ecke …"

„AAAAHHH! Die Kekse!", rief ich erschrocken. Hoffentlich waren sie nicht schon verkohlt. Oje! Ich bat Honigschnute, mit zurückzukommen, bitte, bitte, aber sie kaute nur weiter. Deshalb schob ich sie von hinten an, doch sie witschte mir ihren Schweif ins Gesicht. Igitt!

Plötzlich hörten wir meine Mutter „Futterpause", aus unserem Garten rufen. Sofort trabte Honigschnute zurück zur Hecke und zwängte ihren moppeligen Ponypo geschickt durch die Lücke. SCHLÜPF!

„Ich glaub's nicht", staunte Charlotte. „So lockt man dieses verfressene Kerlchen also zurück." Na klar ...

„Nix wie hinterher", meinte ich lachend. Schnell schoben wir unseren Po ebenfalls wieder durch das Loch in der Hecke. Allerdings sicher nur halb so elegant wie Honigschnute. Hihi!

Dieses Pony wird niemals müde

Wir stellten rasch noch eine Schubkarre vor das Loch. **Durchgang verboten!** Mama hatte gerade Tee gekocht und die Hufeisenkekse schon auf den Terrassentisch gestellt. Sie waren noch nicht verbrannt. **Zum Glück!**

„Du nicht", sagte Mama, als Honigschnute sich näherte.

Ich seufzte und schob Honigschnute in die Kompostecke. Charlotte legte ihr ein Büschel Heu hin, damit sie beschäftigt war. **MAMPF!**

„Ob meine Mama dich je gut leiden kann?",

flüsterte ich in Honigschnutes Ohr. Dann dachte ich an meine Hufeisenkekse.  Die würden Mama bestimmt glücklich machen. Ich lief zurück und wir probierten die Kekse, die zwar etwas hart waren, aber erstaunlich gut schmeckten. **Mmh.** Von meiner geheimen Honigzutat musste ich unbedingt Oma erzählen.

Auch Mama schien die Kekse zu mögen und schon nach zwei Hufeisen sah sie viel fröhlicher aus. **Juhu!**

Sie nickte zustimmend, als Charlotte vorschlug, mit Honigschnute einen Spaziergang durch den Park zu machen. **Gassi gehen!** 

„Papa ist auch dort", sagte Mama. „Er wollte dem Kioskbesitzer endlich sagen, dass er den Zettel abhängen kann."

Ups! Das mit dem Zettel hätten *wir* machen sollen. Schließlich hatten wir ihn auch bei Toni aufgehängt. Auf dem Zettel hatten wir gefragt, ob jemand unser Pony kannte, und es riefen immer noch Leute an, um uns Tipps zu geben. Dabei gehörte Honigschnute doch längst zur Familie. **Für immer!** ❤

„Wir holen ihn ein", meinte ich und machte mich gleich mit Charlotte und Honigschnute auf den Weg.

Honigschnute freute sich sehr über den Ausflug. **SCHNAUB!** Sie schnupperte an allem wie ein kleiner Hund und wollte zu gern ein paar Blümchen abnagen, doch wir konnten sie gerade noch daran hindern.

Als wir bei Toni ankamen, begrüßte er uns begeistert. „Ah, jetzt besucht ihr mich immer zu dritt, wie schön", rief er. „Kommt, ich spendiere euch ein paar Gummibärchen.  Darf das Pony auch?"

Nein, durfte es natürlich nicht. Aber wir nahmen gern welche.

„Euer Papa ist gerade auf der Leine", sagte Toni. „Vermutlich braucht er gleich einen Kühlakku." **HAAAHAAA!** Er zeigte lachend auf etwas hinter uns.

Wir sahen uns um und entdeckten Papa tatsächlich auf einer Leine. Beziehungsweise unter der Leine, er war nämlich gerade hinuntergefallen. **Hoppla!**

„Eine Slackline!", juchzte Charlotte. „Ich will auch mal." Sie flitzte los und ich starrte ihr nach. **Häää?**

Zwischen zwei großen Bäumen hatte jemand eine Art breites Seil zum Balancieren gespannt.

Cooool! Während Papa sich ächzend im Gras wälzte, stieg Charlotte auf das Band. Es wackelte sehr und sie sprang gleich wieder hinunter. HEPP!

Nun hatte Papa uns auch entdeckt und stand stöhnend auf. Doch plötzlich weiteten sich seine Augen. „Ihr habt Honigschnute mit. Perfekt. Komm her, Pferdchen!" WOZU?

Tatsächlich lief Honigschnute neugierig zu ihm hinüber. Papa stellte sich wieder auf das Seil und versuchte, sich an Honigschnute festzuhalten. KLAMMER! Was natürlich nicht klappte, denn unser Pony ist ein Minipony. „Mini" wie „klein". Sehr klein. Winzig. Papa musste sich tief bücken, um sich abzustützen, und plumpste gleich wieder ins Gras.

Hinter uns hörten wir Toni laut und herzlich loslachen. HAHAHA!

Papa grinste. „Ich glaube, Toni hat das Ding

nur aufgespannt, um Spaß bei der Arbeit zu haben", meinte er. **Hm, könnte sein.**

Nun wollte ich auch versuchen, ob ich es konnte. Papa stellte mir einen von Tonis bunten Sitzhockern hin, damit ich besser aufsteigen konnte. Huh, das Seil war wirklich verflixt wackelig und erst, als Papa meine Hand nahm, konnte ich ein paar Schritte darauf machen. **TIPP-TAPP-YIPPIE!**

Nach einer Weile kam Toni. Er stieg auf das Seil, breitete die Arme aus und lief los.

Wir rissen erstaunt die Augen auf. In der Mitte des Seils drehte er sich schwungvoll um und ging zurück. Wir applaudierten wie verrückt. **KLATSCH!** Und Honigschnute schnaubte. **PFRRRR!**

„Ich habe lange geübt", gab Toni zu.

Er verriet uns ein paar Tricks und lud uns ein, jederzeit zum Üben herzukommen. **Ganz bestimmt.**

Dann mussten wir gehen, denn Honigschnute trabte munter Richtung Zuhause davon.

Vermutlich hatte sie schon wieder Hunger. **Fressalarm!**

Eigentlich hatten wir gedacht, dass Honigschnute jetzt etwas Ruhe bräuchte. **Pause?** Doch sie futterte nur ein bisschen Heu und wollte dann weiter beschäftigt werden. Da beschlossen wir, so viel mit Honigschnute zu spielen und zu toben, dass sie müde würde und dann keinen Unsinn mehr machen konnte. **Super Plan, oder?**

Doch wir hatten Honigschnute unterschätzt. Nachdem wir über eine Stunde Äpfelverstecken sowie Fang-Jula-und-Charlotte-die-eine-Möhre-in-der-Hosentasche-haben gespielt hatten, waren

Charlotte und ich fix und alle. **UFFFF!** Honigschnute jedoch nicht. Während Charlotte und ich im Gras lagen und ausruhten, schnupperte Honigschnute nun an Mamas Po, ob dort nicht auch noch eine Möhre in der Tasche steckte.

SCHNÜFFEL!

Mama zupfte gerade Unkraut aus den Beeten und fiel kopfüber in ihre Küchenkräuter.

„Umpf", machte sie zuerst. **Oh, Oh!** Dann stand sie auf und griff zum Wasserschlauch. Sie hob den Schlauch drohend Richtung Honigschnute und rief: „Bleib weg, sonst spritze ich dich nass." **Hände ... äh ... Hufe hoch!** 🙂

Honigschnute reckte neugierig die Schnauze vor. Mama sprengte ein bisschen Wasser darauf. Verdutzt zuckte das Pony zurück.

Charlotte und ich kicherten. „Mama, bitte, nicht schießen“, rief ich lachend.

„Macht ihr euch etwa über mich lustig?“, fragte Mama empört und zielte auf uns.

Iiiih! Wir quietschten und versuchten, uns aufzurappeln. Doch Mama war schneller. Im Nu waren wir pitschnass. TROPF! Honigschnute hüpfte fröhlich mitten in den Wasserstrahl hinein. Mama lachte nun auch und schwenkte eine schöne Sommerdusche für uns drei. Natürlich rannte ich am Ende auf sie zu und umarmte sie kräftig, damit sie auch nass wurde. Bätsch!

Als Honigschnute dann vorsichtig näherkam und ihren Kopf sanft gegen Mamas Bein drückte, kraulte Mama sie liebevoll. Und sie sah gar nicht mehr ängstlich aus. Ob das Hufeisenkeks-Magie war? **Bestimmt!**

Achtung, hier spricht das Pony!

„Tschüss, Ponylein!", flötete ich am nächsten Morgen über den Zaun und hakte mich bei Charlotte ein, die schon auf mich gewartet hatte. **Auf geht's.** Den ganzen Schulweg lang hatte ich gute Laune, denn diesmal würde Honigschnute nicht ausreißen: Ich hatte ihr einen Schal um den Hals gebunden und ihn mit einem längeren Springseil am Baum befestigt.  Ja, ihr hört richtig, ich hatte sie sozusagen angeleint. Natürlich ganz vorsichtig und mit viel Auslauf.

Ist doch klar!

Die anderen aus der Klasse waren traurig, dass wir Honigschnute nicht dabeihatten. **Ich auch …** Sogar Frau Tulpe meinte: „Ach, eigentlich schade. Der Morgen beginnt gut, wenn man ein Pony streicheln kann.“ **Absolut.**

Aber das stimmte dann irgendwie doch nicht, denn obwohl ich ja ein Pony gestreichelt hatte, begann der Morgen gar nicht gut: Wir sollten einen Test schreiben.

„Och nee", jammerten wir. Echt jetzt?

Doch Frau Tulpe blieb dabei. Sie teilte die Zettel aus und erklärte: „Ihr habt genug Zeit. Es sind nur fünf Aufgaben und ihr dürft schreiben, bis es klingelt." Puh!

Immerhin war es nicht schwer. Zum Glück! Aber anscheinend brauchte ich sehr lange, denn als ich gerade erst mit der zweiten Aufgabe fertig war, klingelte es schon.

DING-DANG-DONG!

„Was?", rief Jakob panisch. „Ich bin noch nicht fertig!"

„Dürfen wir noch die Pause durchschreiben?", fragte Charlotte schnell.

Frau Tulpe nickte abwesend. Sie runzelte die Stirn und sah auf ihre Uhr. 

In diesem Moment gongte es schon wieder:

DING-DANG-DONG!

„Ahhh!“, schrie Jakob erschrocken.

Und wieder: DING-DANG-DONG!

Mia kicherte. Wir sahen uns alle verwirrt an.

„Frau Tulpe …?“, begann Charlotte.

Da knisterte es im Lautsprecher.

KNITZEPITZEPRZZZ!

Wir spitzten die Ohren. Doch statt einer Stimme, die etwas durchsagte, hörten wir nur Rumpeln und Poltern.

SCHEPPER, KNALL, RUMMMS!

Dann ächzte jemand: „Verflixt, du dickes, kleines Ding, jetzt geh doch mal – puh!“

Und dann wieherte es. **WWIIIIHHIIII!**

Charlotte und ich sahen uns an und grinsten. „Wir übernehmen“, rief Charlotte und wir stürmten aus dem Klassenzimmer. **Nix wie hin!**

Zum Glück wussten wir, wo der Raum mit den elektrischen Anlagen war. Sicher gab es dort auch Knöpfe für den Gong und den Lautsprecher. Und ganz sicher gab es dort in diesem Moment ein dickes, kleines Ding. **Ein süßes!**

Die Tür stand weit offen.

„Das kann doch nicht wahr sein. Du bist so klein und trotzdem so stark – geh zurück!“ Wir entdeckten unseren Hausmeister, Herrn Amsel, der versuchte, Honigschnute aus dem Raum zu schieben. **DRÜCK!** Und wir entdeckten Honigschnute, die in die andere Richtung drängelte.

QUETSCH! QUETSCH!

Herr Amsel erspähte uns. „Jula, Charlotte, holt den kleinen Dickkopf hier raus!“, rief er.

Charlotte meinte: „So drängelig ist sie nur, wenn sie Futter riecht. Haben Sie irgendetwas zu essen in der Tasche?“ **Bestimmt.**

Herr Amsel machte ein verdutztes Gesicht.  **Erleuchtung!** Er griff in den Mantel, der hinter ihm an der Wand hing, und zog eine grüne Brotdose hervor. **Siehste!** „Leberwurstbrot und Apfelstücke“, murmelte er und warf uns die Dose zu. **HEPP!**

Honigschnutes Blick folgte der Brotdose. Und sie drehte sich sofort um und folgte Charlotte und der Dose aus dem Raum. **Ganz freiwillig.** Dass sie dabei noch einmal einen Karton vom Tisch riss **RUMMMS!**, einen Besenstiel umkippte **PENG!** und eine Packung Kreide vom Tisch fegte **RATZ!**, störte sie nicht.

„Entschuldigung“, sagte ich leise und begann rasch, die Kreidestücke aufzuheben. Leider waren alle kaputt.

Herr Amsel ächzte. **Oje!** Hatte er sich etwa verletzt? Ich sah rasch zu ihm auf. Doch nanu? Er lachte.

„Was für ein störrisches Pony“, sagte er.

„Und so was von verfressen“, stimmte ich ihm zu.

„Was macht es hier in der Schule?“, wollte Herr Amsel wissen. **Ähm …**

„Honigschnute hat noch keinen sicheren Platz in unserem Garten und reißt immer aus“, erzählte ich. „Und die Schule scheint ihr zu gefallen …“

Viele Äpfel … 

Da musste Herr Amsel erneut lachen. „Am besten wäre wohl ein Freund zum Spielen“, meinte er dann. **Was?**

„Aber *wir* sind doch ihre Freunde“, rief ich empört.

Und zwar die besten!

„Hm, ich dachte da eher an etwas Felliges …“ Herr Amsel schmunzelte. „Ich habe tatsächlich auch ein Pony. Es steht zusammen mit einem Esel auf der Weide hinter der Sporthalle. Ihr könntet eure Honigschnute morgens zu ihnen bringen. Das würde sicher allen dreien gut gefallen.“ **Ooohhhh!**

Mein Herz hüpfte. **BOING!** Ein Ponyfreund für Honigschnute? Das war ja wunderbar!

„Das ist perfekt, oder Jula?“, klang es japsend vom Flur. Charlotte versuchte, das Leberwurstbrot vor Honigschnute zu schützen, während

Honigschnute gegen ihren Bauch drängelte.

Arme hoch, Charlotte!

Herr Amsel und ich halfen ihr.

Plötzlich kam unsere ganze Klasse den Flur entlanggelaufen. **TRAPPEL!**

„Wir haben alles gehört!", rief Mia. „Über den Lautsprecher!" **Uuuups.**

„Das war total spannend", meinte Jakob. „Wie Kino ohne Bild."

„Gibt es wirklich noch ein Pony?", fragte Charlotte. „Warum haben Sie uns nie was davon erzählt?" **Ja, genau!?**

Herr Amsel kratzte sich am Kopf.  „Na, damit ihr es nicht ganz verrückt macht. Aber jetzt wisst ihr es wohl, hmm?"

„Wir passen schon auf", sagte Charlotte. **Na klar.** „Wir machen einen Plan. Immer nur

vier Kinder dürfen in den Pausen zu den Ponys."

Zwei davon würden Charlotte und ich sein.

„Sehr gut", meinte Frau Tulpe, die nun auch hinzukam. „Und nun sollten wir den Lautsprecher auf stumm schalten."

Herr Amsel ging lachend in den Abstellraum. Und wir mussten zurück in die Klasse. Schade. Charlotte und ich durften Honigschnute noch rasch in den alten Schulgarten bringen. 
Als ich den Griff mit dem Seil festband – diesmal mit Doppelknoten –, meinte Charlotte: „Jetzt wird Honigschnute ein richtiges Schulpony!"

„Was macht ein Schulpony?", fragte ich.

Charlotte zuckte die Achseln. „Na, genau das, was es immer tut: lauter Unsinn!" Hihi!

Das ist ponytastisch!

Schließlich war Mittag – **endlich!** – und wir brachten Honigschnute heim. Matteo lief mit uns und konnte gar nicht aufhören zu lachen, als wir ihm erzählten, was es mit der Lautsprecherdurchsage auf sich gehabt hatte. **HAHAHA!** Leider konnte er auch nicht aufhören, seine dummen Witzchen zu machen: „Euer Pony ist jetzt der neue Hausmeister-Gehilfe, ach nein, der Trabhilfe. Weil es ja nicht geht, sondern trabt, hihihi!" **Ja, klar. Wie witzig.** „Sicher ist der Hausmeister jetzt total pfertig mit den Nerven. Fertig und Pferd, deshalb pfertig, versteht ihr?

Hihihi!" **Ich lach mich tot.** Ein bisschen grinsen musste ich aber schon.

Irgendwann waren wir endlich daheim und ich zog Honigschnute rasch in den Garten.

Charlotte ging weiter zu sich nach Hause und Matteo verschwand im Haus. **Witzpause, endlich!**

Beim Kompost entdeckte ich sofort die Schal-Leine, die ich gebastelt hatte. Offenbar hatte Honigschnute einfach den Kopf herausgezogen. **SCHWUPP!**

„Dich anzubinden, war wirklich keine gute Idee. Tut mir leid, Süße", entschuldigte ich mich bei Honigschnute und kraulte sie eine ganze Weile. **KUSCHEL!** Ich musste daran denken, wie der Hausmeister mit ihr gerungen hatte, und kicherte. **Hihi!** Wie schön, dass Honigschnute nun jeden Morgen mit uns kommen konnte. Da hatte ich sie auch besser im Auge. Ach, wenn wir doch auch

hier im Garten eine gute Lösung finden würden! Ich seufzte und stand auf. Puh.

Rasch holte ich Honigschnute frisches Wasser  und sah nach, ob die Schubkarre noch vor dem Loch in der Hecke stand. Nein! Sie war umgekippt. Das konnte diesmal aber nicht Honigschnute gewesen sein!

Vorsichtig lief ich näher und spähte durch das Loch in der Hecke in den anderen Garten. 

„Ha…hallo?“, rief ich ängstlich. GRUSEL!

„Hallo, Jula, ich bin hier", klang es zurück. **Hä?** Das war doch Papas Stimme! Ich traute mich hinein.

Papa stand mitten in dem fremden Garten und unterhielt sich mit einer fein aussehenden älteren Dame. **Nanu?** Sie trug eine weiße Bluse und einen grauen Rock und hatte die Haare zu einem schicken weißen Knoten aufgesteckt. Wer war das? **Oje.** Ob Honigschnute etwas kaputt gemacht hatte?

„Das ist meine Jula", sagte Papa zu der Dame, dann drehte er sich zu mir. „Und das ist Frau Lilienthal. Sie wollte ihre neuen Nachbarn kennenlernen. Und als sie gehört hat, dass wir ein Kind und ein Pony haben, hat sie sich gefreut." **Echt?**

„Ja, ich mag es, wenn Leben in der Bude ist", sagte Frau Liliental. **Wow!** Die war ja sehr nett.

Sie fuhr fort: „Meine Tochter ist mit ihrer Familie weggezogen und ich wohne jetzt schon seit einem Jahr allein in meinem Haus." Sie deutete hinter sich. Verblüfft starrte ich das große Haus an, das dort stand. **Huch.** Letztes Mal hatte ich nur Augen für den tollen Garten gehabt. Aber das Haus war auch hübsch.

Frau Liliental bemerkte meinen Blick. „Ich weiß, es ist viel zu groß für mich. Deshalb gründe ich jetzt eine Wohngemeinschaft für alte Menschen." **Eine WG?** „Bald ziehen drei Freunde von mir ein", fuhr sie fort. „Allerdings sind wir alle keine guten Gärtner.  Wir sitzen gern im Grünen, doch die Arbeit ist uns zu viel. Deshalb habe ich einen Vorschlag für euch ..."

Jaa?? Ich riss gespannt die Augen auf. 

„Du, dein Pony und deine Freunde könntet diesen Garten nutzen. Dafür würdet ihr euch auch um die Pflanzen kümmern. Wir alten Leute

können euch zugucken und manchmal das Pony streicheln und ihr habt genug Platz. Wie gefällt dir das?" **Wie mir das gefällt?**

„Das ist fantastisch, Sie sind die Beste!", rief ich und wäre der Dame beinahe um den Hals gefallen. Doch das machte ich lieber bei Papa. **Küsschen!**

Frau Liliental lächelte glücklich und auch Papa sah sehr zufrieden aus. Da stupste mich jemand von hinten an: Honigschnute. Sie beäugte Frau Liliental neugierig. Und als die alte Dame ihre Hände ausstreckte, schob Honigschnute sofort ihren Kopf hinein. **KNUDDEL!**

Offenbar hatte Honigschnute schon wieder eine Freundin gefunden.

„Ich mache jetzt mein Mittagsschläfchen", sagte Frau Liliental. **ZZZZZZ!** „Seht ihr euch doch in Ruhe um. Und wie wäre es, wenn ich

uns heute Nachmittag einen Tee hier im Garten mache?"

Das wäre super. Wie die ganze Frau Liliental, die Honigschnute gerettet hatte. Jetzt konnte ich mein Pony behalten. Juhu!

Mein Herz platzte beinahe vor Glück. PING! Ich zerquetschte fast Papas Hand vor Freude, während wir in dem verwunschenen Garten herumliefen und nachdachten, was zu tun war. Jede Menge! Wir brauchten einen Zaun, damit Honigschnute nicht in die Villa traben konnte. Und einen kleinen Pony-stall. Plus einen vernünftigen Durchgang zum Garten. Es machte richtig Spaß, sich alles zu überlegen. Und wie!

Plötzlich erklang ein wütender Mama-Schrei. Oh nein!

Wo war Honigschnute? Natürlich wieder abgehauen. **STÖHN!** Papa und ich liefen rasch durch die Hecke.

Gerade trottete Honigschnute gemütlich aus dem Haus zurück auf die Terrasse.

TAPP-TAPP!

In ihrem Maul schwenkte sie stolz ein Bund Möhren.

Hinter ihr kam ein wütender Stier herausgestürzt – ach nein, es war Mama. Hihi! „Die brauche ich zum Kochen", rief sie und zupfte das Bund aus Honigschnutes Maul. ZACK! Die hatte nun nur noch Möhrengrün zwischen den Lippen. Sie stutzte verwundert, dann kaute sie zufrieden auf dem Grünzeug herum. MJAM, MJAM!

Mama runzelte wütend die Stirn. Dann musste sie lachen. „Du hungriges Etwas", sagte sie und klopfte liebevoll gegen Honigschnutes Hals. PATSCH, PATSCH! „Nichts für ungut, kleines Monster, aber in der Küche möchte ich gern ohne dich sein."

Ich lief lachend zu Honigschnute und umarmte sie. Frechdachs.

Dann umarmte ich Mama und erzählte ihr von Frau Liliental. Und dass Honigschnute jetzt ein

Schulpony war. **Erstklässler, hihi.** Mama konnte es kaum glauben. „Du bist wirklich ein Glückspilz, Jula", meinte sie. **Aber echt!**

„Das mit dem Garten muss ich sofort Charlotte erzählen", sagte ich. „Mama, kann ich kurz dein Handy haben? Und kann Charlotte bei uns essen? Dann können wir gleich planen!" **Bittebittebitte!**

Ich durfte. Und Charlotte auch.

Kurz darauf kam sie keuchend in unseren Garten gerannt. **HECHEL!**

„Stimmt das wirklich?", rief sie. „Honigschnute hat jetzt genug Platz? Das ist super!" **Und ob!**

Wir stürzten auf unser Pony zu, das sehr zufrieden aussah. Ihm hing ein bisschen Möhrengrün aus dem Maul. Charlotte zog es kichernd heraus. **ZUPF!**

„Ich habe etwas Besseres für dich", meinte sie und zog etwas aus ihrer

Jackentasche: eine große Möhre, auf die sie mit Zuckerschrift „1. Schultag" geschrieben hatte.

„Eine Schultüte. Weil morgen dein erster richtiger Schultag ist", sagte Charlotte.

„Die ist genial", fand ich. „Zeig mal!"

Doch Honigschnute schnappte die Möhre weg, bevor ich sie genau ansehen konnte. **HAPPS!**

„Du verfressenes Pony", lachte Charlotte.

Ist das nicht herzallerliebst? Nun hat ❤ Honigschnute ❤ endlich ihren Platz gefunden: im (neuen) Garten, in der Schule bei dem anderen Pony – und sogar in Mamas Herzen! Jeden Tag werden wir unser Pony nun zur Schule führen. **Juhu!** *Und weißt du, was Charlotte später noch zu*

mir sagte? „Warum müssen wir Honigschnute eigentlich führen – sie ist doch ein Pony. Können wir nicht auf ihr reiten?“ Ob du es glaubst oder nicht: Daran hatte ich noch keine Sekunde gedacht! Vielleicht, weil Honigschnute so klein war? **Winzig.** Na, aber sie ist ein Pony. Und wir sind ja auch klein. Ob wir wirklich auf ihr reiten können, was meinst du? ?!? Ich kann es kaum erwarten, das auszuprobieren.

Sandra Grimm wohnt mit ihrer Familie in Norddeutschland und schreibt seit vielen Jahren Kinderbücher. KRITZEL! Ein kleines Pony trabt leider nicht durch ihren Garten, aber ihre zwei Katzen sind genauso vernascht SCHLECK! und verschmust KUSCHEL wie Honigschnute. Und nach leckerem Gebäck duftet es bei ihr auch sehr oft. MMH!

Ein klitzekleines, eigenes Pony hätte Vera Schmidt in ihrer Kindheit auch unheimlich gerne gehabt und lernte sogar fleißig auf großen Pferden zu reiten. WIHI! Leider ging dieser Wunschtraum nicht in Erfüllung, also mussten eben ganz viele Pferde gemalt und gezeichnet werden. PINSEL! Neben all den großen und kleinen Ponys, die damals über den Malblock galoppierten, waren sicher schon einige freche Honigschnuten dabei, die jetzt von Neuem in ihrem Illustrationsbüro ihr Unwesen treiben dürfen.

WIHI!

Honigzarte Hufeisenkekse

Diese Kekse sind ponysüß! Sie haben immerhin sogar Mama ein bisschen verzaubert. Vielleicht möchtest du auch jemanden bezaubern? Dann los!

Du brauchst:

330 g Weizenmehl
2 TL Backpulver
60 g Honig (Akazienhonig)
40 g Zucker
1 Ei (von glücklichen Hühnern)
150 g kalte Butter
Schokostreusel (etwa eine Handvoll)

MMH, LECKER

Hände waschen, fertig, los!

Gib alle Zutaten in eine Schüssel. Die Butter muss kalt sein **BRRR!** und in kleinen Stückchen dazugegeben werden. Nun krempelst du die Ärmel hoch. Los geht's! Knete den Teig so lange, bis er weich und alles gut vermischt ist. Wickle ihn in ein Stück Frischhaltefolie und lass ihn eine halbe Stunde im Kühlschrank ruhen. **ZZZZZ!** Danach kannst du ihn gut ausrollen und Hufeisen oder andere Formen (Pony? Karotte?) ausstechen. Streue auf jeden Keks ein paar Streusel und drücke sie leicht fest. Sanft! Lege ein Backpapier auf das Backblech und dann die Kekse auf das Backpapier. Nun backe sie bei 160 Grad ca. 10 Minuten im Ofen. **TICK-TACK!**

Ui, ich höre das Glück schon angaloppieren!

HONIGSCHNUTEN APPETIT!

PS: Wenn du die Kekse an deine beste Freundin oder jemand anderen verschenken willst, dann verziere die Verpackung noch mit den beiden Etiketten. Einfach kopieren, ausschneiden und ausmalen. Dann kannst du sie aufkleben oder mit einer Schleife befestigen und hast ein richtig süßes Geschenk.